모나게 표나게 명랑하게

모나게 표나게 명랑하게

1판 1쇄 발행 2013년 2월 28일
1판 3쇄 발행 2013년 3월 22일

지은이   황수연
펴낸이   이임광
펴낸곳   공감의기쁨
편집   오윤진
디자인   박마리아
마케팅   김석현 이준희
경영지원 김태성

전화   02)333~8276
팩스   02)323~8273
등록   2011년 7월 20일 제 313-2011-204호
주소   서울시 마포구 성산동 261-38번지 베아트리스 101호
e-mail   goodbook2011@naver.com

ISBN   978-89-97758-51-7 (03810)

황수연 에세이

모나게 표나게 명랑하게

누리기엔 짧고 버티기엔 너무 긴
생의 한가운데를 지나는
그대를 응원합니다

공감의 기쁨

내려설 뭍이 보이지 않아 끊임없이 날갯짓해야 하는 새처럼
올라설 얼음이 나타나지 않아 계속해서 헤엄쳐야 하는 곰처럼
고단한 몸 누일 둥지 하나가 없는 것 같은 시절, 생의 한가운데
그 엄혹한 현실을 직시하면서도
굳건히 버티고, 즐거이 누릴 수 있는 당신이 되길 기원합니다

참 희한하다.

매번 이 책만 읽으면 똑똑해지리라 생각 드는 걸 보면.

그토록 기분 좋은 착각 속에 매양 빠지는 걸 보면.

좋은 책, 뛰어난 영화를 쟁여 두고 하나하나 음미하게 될 날들을 고
대하게 되는 그 저릿한 기쁨을 아시는지.

배움은 새로운 지평을 전제로 하기에 나이 듦을 쇠락이 아닌 성장과
진화로 인식하게 한다.

그 가운데 책은 제한될 수밖에 없는 자신의 직접 경험을 훌쩍 넘어서

게 한다.

다종다양한 배움을 제공한다.

새로운 세상을 꿈꾸게 하고 앞으로 나아가게 한다.

책에는 자신의 운명을 스스로 설계해 나가도록 하는 힘이 있다.

그러다 때로 책 읽기가 소홀해지기도 한다.

허나 그런들 어떠랴. 사람이 책이고 일상이 책인 걸, 배움은 어차피 책 너머에 있거늘.

다산 정약용 선생의 말처럼 책을 읽는 건 뜻을 구하기 위해서다.

뜻을 얻지 못한다면 날마다 천 권을 독파한다 해도 담벼락을 마주하는 거와 다름없는 게다.

비록, 이 책에서 당신이 뜻을 구하지 못한다 해도 부디, 기분 좋은 착각이라도 할 수 있기를.

알고 보면 날마다 새날

거울을 나는 지혜

인생, 거기서 거기

눈물겨운 다섯 살

넘어져도 죽지 않는다

청춘의 재배치

찰나의 청춘

안타까우니까 청춘이다

힘든 게 맞는 거다

사람은 그늘에서 더 자란다

아까운 청춘아

단내다.

또 봄이다!

나이 들어 맞이하는 봄의 의미는 각별하다.

예사 반가움이 아니다.

버선발로 달려 나와 임을 맞이하는 심경이다.

그렇게 달콤한 설렘과 기대를 지니고 맞이한 봄에 갖가지 향기로운

꽃들까지 피면 하루하루가 금쪽같기만 하다.

뭔가 새롭게 시작하기에는 늦었다 생각 드는 건 나이를 의식한다는

얘기다.

이제껏 살아온 날들보다 앞으로 살아갈 날들이 그리 많지 않음을 안타까이 생각한다는 얘기다.

그러니 이제 새로움의 시작이요, 또 다른 기회라 여겨지는 봄이 더더욱 간절한 게다.

조지 버나드 쇼는 사람은 삶으로부터 배울 수 있을 만큼 충분히 살지 못한다고 했다.

70, 80이어도 아직 어린아이에 불과하다고.

삶의 무한한 가능성을 실현할 기회는 매순간 열려 있다.

긴 인생을 수동적으로 버티기보다 적극적으로 창조해나갈 수 있는 기회가.

사실, 알고 보면 매일이 새날이다.

겨울을 나는 지혜

물오르기 시작해

어스레하니 거뭇해진 숲에서

저 혼자 나풀대는 진달래.

흑백사진 뚫고 나온 연분홍 진달래.

잔설과 눈석임물 여전함에도 벌써부터 봄의 향연을 준비하는 숲. 아직 매서운 바람 속에서도 여린 꽃잎 홀로 나풀대는 건, 물오르기 시작해 거뭇해진 나무들 사이에서 때깔 있는 것이라곤 연분홍 진달래뿐.
들과 밭에도 저마다 인내와 지혜로 묵묵히 겨울을 나는 식물이 있다.

땅에 바짝 붙어 있어 흔하게 차이고 짓밟히는 냉이.

그 하찮아 보이는 냉이에게도 나름의 슬기가 있다.

잎을 땅에 대고 납작 엎드린 냉이의 자세는 겨울 찬바람을 견디기에 그만이다.

게다가 그 자세는 엄동설한에도 최대한의 광합성을 가능하게 한다.

냉이는 그렇게 만든 영양분을 뿌리에 저장하며 봄을 기다린다.

겨울 지나지 않고 오는 봄 없고, 겨울을 지내봐야 봄 그리운 줄을 아는 법.

식물도 사람도 그렇게 겨울 지나며 더욱 성숙해진다.

"어, 정말요? 그럼, 우리 엄마 아빠도…."

두 바퀴 이전 상황은 초등학교 고학년 형의 여자 친구 소개였는데 화

제는 벌써 성교육이다.

"일단 철봉에 손을 올리고. 잡아 줄게, 다시 해봐."

기발한 아이디어라는 본인들만의 착각 속에 사춘기 아이들의 스킨십

도 여전하다.

동네 초등학교 운동장에서의 저녁 운동.

익숙하면서도 낯선 사람들 사이를 걷는 건 TV 채널을 빠르게 돌리

는 것과 닮았다.

"러시아 언니 또 나왔네. 기럭지가 어쩜, 분명 모델일 거야."

"저 남자애 어제 걔 아냐? 다리 근육 봐라."

몸에 관심 많기론 어린 처자들을 따를 자 누가 있을까.

으슥하지 않음에도 스탠드는 변함없이 커플들 차지.

대부분 그들을 외면하려 애쓰지만 신경조차 쓰이지 않는 건 아니다.

"그런데 방금 손이 어디 있었던 거야?"

올망졸망한 아이들을 한둘씩 데리고 걷던 여인네들.

"윤빈엄마구나, 깜깜해서 못 알아 봤네."

잠시 뒤, 정글짐에 위태로이 걸쳐 있는 애들일랑은 안중에도 없다.

"아니, 왜 차려 놓은 밥상도 못 먹고 전화야."

함께 걷던 무리가 멀어져 가는 걸 바라보는 아줌마의 짜증 섞인 목소리도 쩌렁하다.

"그 왜 맨날 모자 쓰고 나오는 최 여사, 아주 깍쟁이더라고요."

한 바퀴를 돌고 와도 최 여사의 몹쓸 짓은 여전하다.

"품위 있는 척은 혼자 다 하면서 글쎄 저번에는…."

자기 할 말만 하는 귀 막힌 노인네들의 병 자랑도 여기라고 예외는 아니다.

"난 이렇게 무릎이 닿으면 너무 아파서…."

"왜 이러지? 지난 번 산에 갔다 다친 허리가…."

짧게 잘리는 대사에도 예견 가능한 스토리.

태초 이래 지속돼 온 이야기들.

하지만 봄밤의 그윽한 라일락향이 TV 속엔 없으니.

다닥다닥 붙은 목련꽃이 만개를 앞두고 있는 초등학교 운동장.

골대 옆에서 팩 하며 돌아서던 남녀가 조금 뒤엔 계단에서 서로를 더

듬고 있다.

끊임없이 흐르는 시간, 이어지고 있는 역사.

다른 것 같지만 비슷한 길을 걷는 지구 위의 사람들.

작고한 박완서 선생은 생전에 많은 독자로부터 편지를 받았다고 한다.

그 가운데는 자신의 기구한 인생을 소설로 써달라며 보내온 글들도

상당수였다고.

한데 칠순을 넘긴 선생이 보기에는 그 사연들이 대동소이하게 여겨

졌단다.

누구나 자신의 삶은 머릿속 의식의 흐름까지 낱낱이 헤아린다.

그러니 때로 자신의 일생이 완벽한 스토리를 지닌 소설감으로 느껴

지기도 한다.

특별히 찬란하고, 유별나게 기구하며, 남달리 비참한 인생.

허나 넓은 시각에서, 다른 지점에서 보면 다 어슷비슷한 인생인 게다.

눈물겨운 다섯 살

"오늘부터 이제 다섯 살이야."

떡국을 앞에 두고 언니의 말을 듣던 조카.

돌연 굵은 눈물방울 떨구며 한 마디.

"엄마, 다섯 살 먹게 해주셔서 고맙습니다!"

누구에게나 어서 뭘 봐도, 뭘 해도 되는 어른이 되고 싶던 때가 있다.

그때만 되면 제 세상이 도래하리라 여기는 시절.

그때 한 살 한 살 나이 들어가는 건 자유로운 어른이 되어가는 기쁨의 시간일 뿐.

한데 고대하던 어른은 쉽게 되는 게 아니다.

사람들은 자신뿐만 아니라 다른 이들을 책임지고 부양해야 하는 성인이 되면 곧바로 보살핌 받던 유년기를 그리기 시작한다.

퇴행하고픈 바람으로 '천으로 된 어머니'라 불리는 침대, 소파에서 뒹굴기를 즐긴다.

엄마의 젖꼭지를 대체한다는 담배를 물고 빨며 놓지 않는다.

인생의 후반기와 전반기를 살아가는 법칙이 같을 수는 없다.

인생의 전반기가 성장하며 사회생활을 꾸려나가는 데 필요한 기술을 습득, 단련해 나가는 과정이라면 후반기는 비로소 삶과 세상을 이해하기 위한 질문을 하고 답을 구하는 때다.

부분을 넘어선 전일성(全一性)을 회복해가는 시기다.

당연히 산수보다야 수학이 어렵다.

그렇다고 마냥 산수 풀이만 할 수는 없는 노릇.

물론 단순히 생존만이 목표라면야 크게 고심할 것도, 대단한 용기가 필요치도 않다.

넘어져도 주지 않는다

추위가 맹위를 떨치던 어느 겨울 밤, 길은 반지르르하게 얼어붙어 어둠 속 약한 불빛에도 혀를 날름댔다.

막 차에서 엄마와 함께 내린 네다섯 살쯤 돼 보이는 여자아이, 강한 어조로 똑똑하게 읊조린다.

"절대로 넘어지지 않을 거야."

낮에 넘어졌던 기억을 뿌리치기라도 하듯 한 마디 매섭게 해놓곤 어설픈 발걸음을 세 발짝쯤 떼었을까?

가고자 하는 가게까지는 아직 한참이나 남은 듯한데 이르게 터져 나오는 한 마디.

"와~, 절대 안 넘어졌다!"

실패와 절망에 대한 두려움에서 헤어나오지 못하면 세상은 언제나 살얼음판 같기만 하다.

두려워하는 내내 평정심을 잃고 자신도 모르게 매번 잘못된 선택을 하곤 한다.

두려움뿐만 아니라 강한 집념이나 집착도 일을 망친다.

잘 해야 한다는 강박관념이 오히려 실수를 낳는다.

게다가 막상 일이 실패하면 강한 집념이나 집착을 지녔던 만큼의 좌절이 폭풍처럼 밀려든다.

잊지 말아야 할 건, 넘어져도 죽지 않는다는 것, 혹여 희귀하게 목숨을 잃는다 해도 그건 자신의 영역 밖의 일이라는 것, 평생을 두려움 속에서 살는지, 아님 자유로워질지는 선택이란 것.

청춘, 세상 풍파에 초절임당하지 않은 저 날것들.

절임 당하지 않은 저 푸성귀의 싱싱함, 날것의 비릿한 내음.

한낮의 햇살에, 비바람에, 소금에 담금질되며 지쳐가기 이전, 찰나의

반짝임.

어떤 이는 자신이 신이었다면 청춘을 인생의 마지막에 배치했을 거

라던데 저토록 싱싱한 젊음이 죽음으로 스러지는 건 얼마나 큰 슬픔

이겠나.

세상 풍파 겪고도 저리 푸릇푸릇할 수 있다는 게 과연 말이 되기는

할는지.

하긴 그동안 거둬들인 깨달음으로 소생하듯 젊어지는 것도 그리 나

쁘진 않겠다 싶다.

푸르른 젊음이 가벼이 '안녕' 하며 가는 것도 괜찮지 싶다.

좋은 일이지 싶다.

해가 중천에 이르러서야 파라솔을 펴면서두

여전히 게슴츠레한 눈으로 좌판을 벌이는 아줌니.

모양새 없이 과일바구니를 늘어놓는 것까지야 그렇다 쳐두

시득시득한 귤 몇 개가 저만치 굴러 떨어진 것두 아랑곳없이

길 가는 이들만 꼬나보는디.

헌디, 아줌니, 파라솔 위로 흐드러진 목련은 봤시유?

전화기 너머에서 뭐라는지 도통 못 알아먹구두

부근에서 다시 전화하겠다는 말로 통화를 끝맺는 아저씨.

"뭐랴? 퀵서비스 처음 써 보남? 바빠 죽겄는디."

헬멧을 쓰면서두 구시렁거리다 봉투 하나 떨군 줄도 모르구

허리 휘게 오토바이에 시동을 거는디.

근디, 아저씨, 오토바이 세웠던 나무에 난만한 벚꽃은 봤시유?

화무십일홍이라는디 언제 보시겠시유? 그 꽃들.

지나간 청춘두 그랬지유?

지금처럼 꽃 핀 시절인지두 모르구 갔지유?

화무십일홍이 개뿔 뭔지두 몰랐지유?

안다구 달라졌겠냐구유?

허긴 안다구 열흘 만에 뭘 워쨌겠시유.

「청춘홍안을 네 자랑 말아라. 덧없는 세월에 백발이 되누나.

여울의 바둑돌 부딪껴 희고요. 이내 몸 시달려 백발이 되누나.」

경기 민요 청춘가의 한 대목이다.

왔는가 싶은데 벌써 다하는 인간의 삶.

그 가운데 잠시 반짝이다 스러지는 찰나의 청춘.

청춘이야 그야말로 전광석화라 놓쳐 버렸다지만 그보다 긴 삶은?
어제나 오늘이나 내일이나 별반 다를 바 없이 주어진 목숨이니 근근
부지하기만 한다면, 따로 돈 들이지 않아도 누릴 수 있는 백화난만한
봄날마저 데면데면 대하고 있다면 대체 이번 생은 왜 받았는가 자문
해 볼 일이다.

안타까우니까 청춘이다

올바른 이해나 판단은 적고 감성은 과잉이었던 시절, 청춘!

마냥 계속될 것 같은 젊음을 '탕진'하지 않고서야 청춘을 어찌 견뎌

냈겠나.

젊음의 '탕진'을 자신을 향한 분노였다 하는 것은 변명이나 허세, 그

건 순전히 어리석어서일 뿐이다.

허나 무지하기에 순수할 수 있었다는 걸 모르지 않음에야.

올챙이가 가장 빨리 개구리가 되는 길은 순간마다 올챙이로서 충성

스럽게 사는 것이라 했으니.

탕진하지 않은 청춘이 청춘이런가.

돌이켜 아쉬움, 안타까움 묻어나지 않는 게 청춘이런가.

힘든 게 맞는 거다

장대비 내리는 늦가을 새벽, 한기가 슬슬 스며드는 시기.

건물 외벽 낮은 창가 턱에 겨우 걸터앉은 아이들.

이제 열일곱, 열여덟이 되었을까 싶은 여자애 둘이서 우산 하나에 의

지해 떨고 있다.

울고 있는 한 명을 위로하는 또 다른 한 명.

추적추적 내리는 비처럼 눈에도 눈물이 흐르지 싶은데.

한 시간 뒤, 그 옆 건물 화장실에서 나오는 애들.

"아~씨, 추워."

눈물 찍어낸 눈자위는 아직도 뻘건데 허연 팔뚝, 허벅지 다 드러낸

옷차림으로 오만상을 찌푸리고 있다.

청춘, 아득한 게 다행이라 생각 드는 아침이 훤히 밝았다.

청춘의 방황은 그나마 기력이 최고조이기에 견뎌내는 것이지 싶다.

술에 절어 허구한 날 밤을 새고, 고민에 찌든 채 밤을 밝히고.

아름다우면서도 고통스러운 젊음의 시간.

아는 것, 지닌 것 없이 도전해야 하는 순수하지만 어리석은 시기.

넘쳐나는 흥분과 절망, 에너지를 주체할 수 없어 끝없이 요동치던 혼돈의 시절.

더듬어보면 마냥 좋기만 했던 시절은 없었다.

어느 시기에건 빛과 그림자가 함께했다.

삶이 주는 기쁨과 슬픔이 공존했다.

때마다 인생의 과업이 있었고 그것을 수행하는 데에는 늘 어려움이 따랐다.

모든 게 수월했다면 기쁨도, 긍지도 없었을 터.

어린 시절, 벽을 짚고 서 처음으로 전깃불을 켰던 그 흥분조차도 수 많은 시행착오 끝에 얻어진 것이었다.

지금 힘겹다면, 그저 제 트랙을 잘 따라가고 있는 게다.

삶의 고단함을 겪지 않은 이는 어디로 튈지 모르는 공이나 발아하지
않은 씨앗과 같은 존재다.
허나 경쾌하게 튀는 공이나 무엇으로 피어날지 모르는 씨앗을 무시
하긴 쉽지 않다.

나이 들어서도 삶의 본질에, 자신의 내면에 귀 기울이지 않는 이와는
길게 대화하기가 쉽지 않다.
정작 자신과 상관없는 울렁증 나는 저 밖의 이야기만 끊임없이 읊조
리는 이하고는.

여간 신산하게 산 게 아님에도 그저 이리저리 구르기만 했을 뿐 도통
제정신을 못 차리는 이하고는.

소리 하는 이들 사이에서는 '소리에 그늘이 없다'는 게 아직 멀었다
는 뜻으로 통한다.

생의 그늘, 지난한 삶이 녹아 있는 소리를 '그늘이 있는 소리'라 하여
더 쳐준다는 얘기다.

삶의 고초를 겪으며 자기 극복을 위해 애쓴 경험이 없는 이라면 아직
성인의 문턱을 넘지 못했다 하겠다.

물론 경쾌하게 튀는 공이나 무엇으로 피어날지 모르는 씨앗의 싱그
러움이 매력적이긴 하다.

허나 그것도 어린 시절 얘기다.

자연 재발견, 인생 대발견

과거는 그곳에 두고 떠나야

현재를 타고 가는 승객이 없다

몰라서 못하는 게 아니다

철렁 하며 철든다

인연과의 인연을 끊지 못하는

조금만 더 기다려

내 상처만 특별하다니

내겐 너무 낯선 지구

끈 떨어진 풍선 같은 날

어디로도 떠나고 싶지 않은 새벽

조금만 더 기다려

자연 재발견, 인생 대발견

아름다운 새 소리에 홀리듯 창문 여니, 참새.

희소한 것만 좋은 줄 아는 어리석음 쫓는 참새.

젊은 날에는 자신의 젊음보다 아름다운 게 없다.

쳇바퀴 도는 바쁜 일상에서는 자연에 눈길 줄 짬이 없다.

그러다 나이가 들면 불현듯 자연의 아름다움을 절감하게 된다.

북풍한설 몰아쳐도 어느 샌가 봄이 오고, 죽은 듯 말라 있던 가지에

서 새싹 움트는 게 경이로 받아들여진다.

동시에 여전한 천지자연의 조화나 계절의 운행에 비해 이전 같지 않

은 몸, 인생의 덧없음이 강하게 느껴진다.

이승 떠날 날이 그리 많이 남은 게 아니라는 생각이 저절로 자연에 눈뜨게 한다.

거기에 일상적인 것, 소소한 것에 대한 고마움과 애정이 더해지는 건 제대로 연륜이 깊어지고 있다는 뜻이다.

파블로프의 개처럼 지난 상처에 무조건 반사하던 날들.

개 같은 시절.

나약한 시절에는 지난 상처를 핥으며 사는 게 가장 무료하지 않은 시간 때우기, 가장 달콤한 인생인 듯 여겨진다.

허나 계속해서 제 가슴을 후벼파봐야 소용없는 일.

이미 지나간 일일뿐, 새삼 어찌해 볼 수 없다는 게 과거의 속성이다.

내내 과거를 짊어지고 가지 말아야 한다.

과거의 과오를 있는 그대로 인정한 채 저항하지 말고 그곳, 과거에 남겨두고 떠나야 한다.

고통스러운 과거에 붙잡혀 현재를 외면하지 말아야 한다.

현실을 매번 과거의 상처에 비춰보며 고통받지 말아야 한다.

실수를 반복하지 않겠다는, 고통받지 않겠다는 두려움에 모든 에너지를 소진하지 말아야 한다.

과거에 매인 사람은 현재를 살 수도, 미래를 향해 나아갈 수도 없다.

또다시 너덜거리는 과거의 한 자락을 부여잡고 성난 황소에 올라탄 것처럼 흔들리는 때가 있다.

길어졌다 짧아졌다 스러졌다 너울대는 제 그림자 보며 퍼뜩 깨어나는 순간,

'아~, 나 지금 여기 있구나.'

장거리 인천행에 운 좋게도 앉아 있다.

아무 일도 없다.

흔들대던 건 과거일 뿐.

건너편 중년의 남성과 젊은 처자는 태블릿 PC와 휴대폰 속에 머리

처박고 있다.

과거로 쏠리지 않기 위한 안간힘?

똑바로 현실을 독대하지 않는 거라면 영혼이라도 팔 중늙은이는 대낮부터 만취 상태로 버얼써부터 바짓가랑이 적시고 있다.

「과거는 이미 묻혔는데 왜 지금 이 순간을 못 살며 미래는 아직 오지도 않았는데 왜 그것 때문에 지금 여기에 못 사느냐.」

《법구경》의 한 구절이다.

가장 현실적인 건 현재에 집중해 사는 삶이다.

하지만 대부분의 사람들은 과거나 미래 속에서 산다.

현실의 고단함과 지어낸 불안에 이미 압사당할 지경임에도 과거의 고통에 골몰한다.

바로잡을 수도, 손댈 수도 없는 과거에 온 정신을 빼앗겨 정작 현재도 도외시한다.

생산적이지 못한 것은 말할 것도 없고 한 번도 제 시간, 제 삶을 살지 못하는 게다.

어떤 삶을 원하는가.

과거의 고통에 집중하건, 미래의 두려움에 주목하건, 현재를 살건 그건 자신의 선택이다.

인생이 별 게 아니란 걸 알았는데도

삼 시 세 끼 밥을 꼬박 챙겨 먹어야 한다는 건

기이하고도 난감한 일로 여겨졌다.

여전히 삶은 너절하고 남루하기만 했다.

내남없이 모두가 가여운 존재란 걸 안다면서도

펄떡대는 심장이 길어 올린 탐진치(貪瞋痴)에

또다시, 여지없이 나자빠지곤 했다

생명은 먹어야 하고 움직여야 한다.

거기에 달리 이유가 있을 리 없다.

먹고 살기 위해 사냥하는 동물처럼 고단한 게 삶이다.

구차한 게 삶이다.

쉽고 편하기만 한 삶 찾아봐야 헛일이다.

다른 길, 다른 삶은 없다.

한데 이를 받아들이지 못하거나, 다져진 토대 없을 때는 사는 게 매번 뒤집기다.

욕망에 휘둘리고 분노에 격앙되며 어리석음에 끌려다닌다.

살아온 세월 적지 않음에도 번번이 움찔, 울컥, 혼미해진다.

삶의 실상에 접근했다 해도 달라지지 않는다.

어렴풋이 안다고 달라지지도 않는다.

제대로 알고 보아야 한다.

보이는 실상대로 해법을 찾아야 한다.

그리고 그 해법 따라 달리 살아야 한다.

몰라서 못하는 게 아니다.

아는 것도 대충해봐야 소용없다.

때로 생각이나 감정 조절을 위해서는 죽을힘을 다해야 한다.

또 배운다.

철렁한 만큼 더 많이.

앞선 소소한 신호들을 죄다 놓치고 어느 순간 벼락처럼 맞이하게 되는 사태.

'이게 아닌데, 이게 아닌데…' 하면서 끝내 모른 체하던 일이 급기야 눈덩이 되어 나타나던 순간.

호미로 막을 일 가래로도 못 막게 된 상황.

두려움 속에선 맥락을 파악할 수도, 있는 그대로의 현실을 직시할 수도 없다.

나락으로 떨어지는 거야 아찔하지만 그나마 다행인 건 그때 이후에라도 정신만 똑바로 차린다면 철렁한 만큼 큰 배움을 얻어갈 수 있다는 사실.

당장 눈에 밟히는 거야 잃은 것들이지만, 실제로 가슴이 철렁 내려앉는 그 순간에 얻어낸 배움보다 더 값진 것은 없다.

잃는 것이 클수록 얻는 것도 크다.

큰 상처에는 새살뿐만 아니라 삶의 깨달음도 움튼다.

'인연이 아닌 게야.'

애써 그와 나 사이의 허공을 갈라보아도

마주하면 도로 아미타불.

산다는 게 인연을 짓는 일이다.

결국 인연 따라 뭐든 하게 되고, 삶이 틀 지워진다.

허나 끊어야 하는 인연도 있다.

끝없이 번뇌만 일으키는 인연.

그렇지만 대부분 아닌 줄 알면서도 인연을 끊지 못한다.

세상이 고달프고, 삶이 쓸쓸하기 때문이다.

지치도록 외롭기 때문이다.

그러니 상대가 가벼이 내민 손을 덥석 붙잡곤 끝내 내치지 못한다.

어리석게도 삶의 남루함과 권태를 무의미한 만남으로 희석하려 든다.

자신이 삶의 주체로 우뚝 서지 못하고 머뭇대다 벌어지는 일임을 안다면서도, 또다시 쉬운 관계 속에서 해법을 찾으려 든다.

자신이나 실체와 맞닥뜨리지 않아도 되고, 시간은 어영부영 지나며, 기분은 고조되고, 뭔가 하고 있는 듯한 가짜 느낌에 취해 살길 즐긴다.

드라마틱한 상상과 안타까운 기대를 덧붙이며 또다른 생만 꿈꾼다.

여전히 성성해서야 어떻게 내려놓을 수 있겠나.

여전히 좋기만 해서야 어떻게 돌아설 수 있겠나.

한 번에 안 되는 일들도 있다.

단칼에 베어지지 않는 것들도 있다.

몸피는 줄지만 여전히 따라붙는 것들.

시득시득 말라가는 것만도 어딘가.

끝내 생명이 다할 게다.

그러니 놓여날 때도 있을 게다.

뭐든 제때가 있다.

제 수명이 있다.

서두른다고, 내친다고만 되는 일이 아니다.

성급함은 외려 더 큰 내상을 부를 때도 있다.

벗어나려는 에너지만으로는, 인정하지 않으려 발버둥치는 에너지만으로는 여전히 종속을 면키 어렵다.

상처는 상대에게서 원하는 바를 성취하기 위한 주문도
상대를 제압하기 위한 무기가 되어서도 안 된다.
상처 없는 이 어디 하나나 있다고.

다른 이의 상처를 보듬는 건 마땅히 장려 받아야 할 일임에 틀림없다.
허나 상처 입고 고통 받는 이를 위무한다는 건 그리 쉬운 일이 아니다.
스스로 변화할 의지가 채 준비되지 않은 이, 자신이 도움 받아야 할
게 무엇인지 아직 명확치 않은 이, 그들의 상처를 어루만지는 건 까
다롭고도 힘겨운 일이다.

상처의 그늘이 매혹으로 여겨져 무심코 다가섰다가는 그들을 벤 칼날에 깊게 베일 수도 있다.

섣부른 이해나 공감, 위로는 금물이다.

그런 사람, 그런 시절도 있다.

자신의 불행을 곱게 포장하고 옹호하는.

자신의 불행이 특이 사례라고 꽁꽁 붙들고 있는 데는 대책이 없다.

보따리 풀지 않고 한 겹, 두 겹 더 질긴 천으로 고이고이 감싸는 데 무얼 해줄 수 있나?

보따리는 더욱 커지고 견고해질 뿐.

그저 자신의 불행을 더욱 뿌리 깊게, 단단히 자신의 삶에 고정시킬 뿐인데.

상처 없는 이 하나 없는데, 자기 안에 갇혀서 제 상처만 핥고 있는 이가 있다.

그렇게 안타까운 사람, 시간도 있다

"주어진 생을 다 살아내는 것만으로도 하나의 성공입니다."

배웅을 나온 선생의 인사는 길지 않았다.

단순히 끝까지 삶을 마치는 것만으로도 성공이라니.

피식 웃음이 나려는 걸 발끝을 주시하며 겨우 참았다.

사기충천한 어린 영혼에게 그런 얘기가 들어올 리 없었다.

지난 생들을 조합해 보며 얼마나 정교하게 계획했는데, 게다가 이번

생은 그저 관찰자의 삶이다.

사람이나 상황, 그 어떤 것으로부터도 일정 거리가 확보되는 삶.

이번에야말로 자신이 누군지, 대체 삶이 뭔지 제대로 알아보리라고,

질척하니 끌려다닐 만 한 건 애초부터 목록에도 넣지 않았음을 떠올리며 어린 영혼은 잔뜩 기대에 부풀어 있었다.

하지만 선생의 배웅을 받을 때와는 달리 되돌아온 지구에서의 생활은 녹록치 않았다.

외롭다는 생각에 갇히는 날이 잦아지고, 몇 번인지 헤아릴 수조차 없이 환생했던 이 행성이 새삼 낯설어 눈물 흘리는 시간이 많아졌다.

섞이지 않아야 제대로 볼 수 있는 게 맞기야 할 게다.

그러나 물과 기름처럼 섞여들지 못하는 지구에서의 생활은 한없이 외롭고 쓸쓸하기만 했다.

어린 것의 정교함이라야 한계가 있을 수밖에 없었던 게다.

한 해 두 해 시간이 지날수록 주름은 늘어갔지만, 여전히 어리기만 한 영혼은 지구에 깔린 자신의 멍석 위에서 때때로 두 눈 벌게져 어서 이 놀이가 끝나기만을 기다리곤 했다.

자신이 한바탕 놀아도 되는 멍석 위에 있다는 사실도, 이전과 마찬가지로 이번 생도 그저 또 하나의 기회라는 사실도 잊은 지 오래였다.

누구나 한번쯤 자신이 이 땅에 홀로 내던져진 고독한 존재라는 생각에 담금질 당한 적 있을 게다.

그 지워지지 않는 아득함, 공허감을 분주함으로 채우려 한 적 있을 게다.

근원적인 불안과 고독이 생에 대한 두려움으로 이어진 적 있을 게다.

쌓아도 쌓이는 것 없고, 채워도 채워지지 않는 검은 공동(空洞)에 갇힌 것 같은 느낌.

외로움과 쓸쓸함이 아니어도 지구에서의 삶이 쉬운 이는 별로 없다.

중년이라면 인생에서 본질적인 의미를 지닌 것은 아무 것도 없다는 사실 앞에 무너지기 십상이다.

그러한 생각을 떨치려 애먼 데 몰입하거나 아예 모른 체 한다 해도.

원래 인생에는 주어진 의미가 없다.

의미는 자신이 부여한 만큼 생길 뿐, 자신의 생각대로 자유롭게 창조해 나가는 게 인생이다.

그러니 넘어졌다가도 다시금 일어나 걸어야 한다.

주어진 자유가 버겁더라도 줄곧 걸어야 한다.

용기를 잃지 말고 계속 앞으로 나가야 한다.

완벽하진 않지만 누구라도 이 세상에 하나밖에 없는 이여서

모두가 주인공이고 소중하다던데.

조금씩이라도 다 다른 이들밖에 없어 외롭고 쓸쓸한 건 어쩐답디까?

그 마음이 사무칠 땐 어쩌랍디까?

간혹 한 치의 양보도 없이 접점을 찾지 못한 채 끝없이 부딪는 이들

을 보면 가슴이 답답해지곤 한다.

그렇다 해서 모두가 자신과 똑같이 생긴 이들과 생활한다고 가정했

을 때 예상되는 단조로움이나, 생각의 키가 자라지 않는 지지부진함

을 모르지 않는다.

그럼에도 고달픈 날들에는 모든 이가 개개의 유리벽에 갇혀 보이지만 닿을 수 없고, 소리치지만 들리지 않는 끔찍한 고립 속에 놓인 듯 여겨지기도 한다.

세상에 혼자만 남겨진 것 같은 쓸쓸함과, 끈 떨어진 풍선처럼 끝도 없이 허공을 헤매는 것 같은 막막함에 젖기도 한다.

얼마나 눈 붙였을까 급작스레 떠진 눈.

떠날 채비를 위해 무척이나 서둘러야 하는 시각.

사위는 여전히 컴컴하고 방금 일어선 잠자리는 더 없이 안온해 보이

는 어디로도 떠나고 싶지 않은 신 새벽.

잔뜩 웅크려진 심정은 곧바로 다시 머리 처박고 잠들길 권하는 시각.

도살장 가는 소처럼 한 걸음도 떼기 싫은 여행길.

'집 떠나면 고생길' 떠올리며 이불 속으로 녹아내리고픈 새벽.

떠나지도 않은 길 앞에 두고 미아라도 된 듯 무섭고 마냥 울고만 싶

은 한 새벽.

또 다른 낯선 세상을 향해 떠나고 싶다.

하지만 안락함이, 권태가 똬리 틀고 있는 지금 이곳에 붙박여 있고도 싶다.

떠나건 떠나지 않건 흔들리는 심경만큼 불안한 시절.

실패나 상실을 두려워하면 사는 것마저 겁내게 되어 있다.

두려움에 찬 삶은 필연적으로 위축될 수밖에 없다.

관심은 점점 더 자신에 국한되며 완고해지거나 방어적이 될 수밖에 없다.

자신의 현실을 유지하는 데에만 급급해하며 통제가능하고 익숙한 것들 속에서만 지내려 한다.

그럴 때는 낯선 상황이 주는 의외의 즐거움이나 깨달음에서 철저히 분리된다.

타인을 위무하면서 얻게 되는 힘이나 기쁨은 말할 것도 없다.

오늘은 오늘 생각만

게임일 뿐인데, 소풍일 뿐인데

소풍 와서 웬 극기훈련?

한 뼘 한 뼘 삶 길어올리기

걱정의 96%는 안 해도 되는 거

팔랑댈 수밖에, 흔들릴 수밖에

인생은 내리막도 성장이다

작은 성취의 미덕

깨닫길 고대하며 한 걸음씩

자세히 보면 다 이뻐

오늘만 생각해

억울할 테지.

이리 걱정하며 살았는데, 결국 어찌됐건 살아지더란 결론에 이르게
된다면.

굶어죽지도 외로워 죽지도 창피해 죽지도 않고 그런대로 살아지더란
결론에 이르게 된다면.

할딱이며 떠내려가는 나뭇잎처럼 하루하루 보내기가 힘겹기만 한데.

분할 테지.

살아보니 별 거 아니니 너무 애쓰지 말라던 어른 말씀대로라면.

가짜 목걸이에 여생을 바쳤던 모파상의 여인네처럼 억울하고 허망하

지만 돌이킬 수도 없는.

하지만 비루하게도 그런 결론이라도 고대하게 되는 건 오늘 하루가
퍽이나 고단하다는 얘기일 테지.

어제의 아픔에다 내일의 근심까지 더해서 지고 간다면 버텨낼 수 있
는 이 하나 없다.

그날 고생은 그날로 충분하다 했다.

한데 그런 날들에는 외려 몇 십 년의 세월이 한꺼번에 달려들곤 한다.

힘겨울 때일수록 당시의 아픔만으로도 모자라 벌어지지 않은 상황마
저 조합해보며 몸서리치기 일쑤다.

과거의 쓰라렸던 기억과 미래에 대한 두려움에 짓눌려 정작 삶의 고
삐를 쥐고 있는 현재마저 외면하곤 한다.

사람들은 대체로 현재를 사는 데 익숙하지 못하다.

'지금 여기'는 만족스런 내일을 위한 준비 단계쯤으로 치부할 뿐.

여하간 어떤 순간에도 잊지 말아야 할 건, 곤고한 날들의 위안이라면
똑같은 상태에 머물 수 있는 건 하나도 없다는 거.

힘겨운 이 시간도 언젠가는 지날 거라는 거.

공이 아이의 얼굴에 닿았다.

한번 땅에 맞고 가볍게 튀어 오른 공이라 충격이 많이 가신 뒤일 텐데 아이는 얼굴을 감싸 쥐고 부동자세다.

옆에 서 있던 아이가 아프냐며 걱정 어린 얼굴로 묻는데도 묵묵부답이다.

초등학교 체육 시간, 피구를 하는 중이었다.

벌써부터 아이가 게임에는 관심 없고 땅만 쳐다보고 있다 얼결에 스치듯 공이 닿는 걸 선생님도 본 뒤다.

"딴 생각하니까 그렇지, 괜찮다" 하며 어깨를 한 번 툭 치고는 다른 자리에 아이를 세운다.

아이의 얼굴은 조금 빨간 상태일 뿐 괜찮아 보인다.

하지만 얼굴은 한껏 일그러진 채다.

너무도 불행해 보이는 얼굴.

상기됐다는 건 같지만 신나게 뛰어다니며 요리조리 공을 피하는 애들과는 다르다.

살아남은 애들을 목청껏 응원하는 선 밖의 애들과도 분명 다르다.

그날 아침 엄마에게 꾸중을 들었을 수도, 수업 전에 놀림을 받았을 수도 있을 게다.

개별적이고 특수한 그 날의, 그 아이의 상황을 빼고 게임에 임하는 자세만 보자.

게임을 게임으로 알고 건강하게 즐기는 아이들은 과연 몇 명일까?

승부욕이 과해서 게임을 하면서도, 끝나고서도 거기서 좀체 헤어 나오지 못하는 애들도 있을 게다.

한데 위의 아이처럼 다른 애들이 웃고 떠들며 왁자하게 게임을 즐기고 있는 상황 그 자체를 인식하지도 못한 채 자기 상황에만 빠져 있는 아이도 있다.

게임은 게임일 뿐인데.

뭘 해도 심드렁, 우울한 사람들이 있다.

그냥 게임일 뿐인데, 소풍일 뿐인데.

이 슬픔, 저 분노, 그 회한에서 한 번도 헤어나지 못하다 「우물쭈물하다가 이렇게 될 줄 알았다」던 버나드 쇼처럼 생을 마감하는 이들도 있다.

어차피 꿈이나 위험이 없는 삶은 즐거움도 없고 지루하며 볼품없기 십상이다.

부딪혀 코피 터지고 이마 좀 깨지더라도, 넘어져 무릎 까이고 흙 좀 묻더라도 최선을 다해 즐겁게 게임에 임해야 하는 이유가 명확한 게다.

소풍 와서 웬 극기훈련?

어느 시인은 소풍 왔다 가는 길을, 극기훈련 하듯 걷는 건 모자라서다.

긴 변명 필요 없다.

그저 모자라서다.

그리 살라고 한 이 아무도 없다.

살아가는 모습이 죄수가 형벌을 이행하는 것과 닮아 있다면 그건 제

탓이다.

자신의 생으로부터도 소외되었다고 생각하는 이는 바깥의 풍경도 늘

반대로 풀이한다.

활짝 핀 목련과 벚꽃 무리에서도 풀 길 없는 자신의 문제만 떠올리는 데에야.

그에게 현실은 맑은 봄날이 아닌 지옥일 뿐이다.

객관적 세계, 실체란 없다.

자신이 인식하는 세계를 체험할 뿐, 사람은 정확히 자신의 상념 속을 걸어갈 뿐이다.

그게 인생이다.

영국의 소설가 올더스 헉슬리는 이를 간명하게 표현했다.

"경험이란 당신에게 일어나는 어떤 것이 아니라 당신에게 일어나는 것에 대한 당신의 반응이다."

한 뼘 한 뼘 삶 길어올리기

떨어질 땐 '첨벙' 한 번이면 되는 것을

올라갈 땐 '한 뼘 한 뼘' 무수히 손 고쳐 잡아야

순식간에 떨어졌다 기를 쓰고 올라서는 두레박인생.

줄줄 새는 항아리에 물을 채워야 하는 다나이드, 커다란 바위를 언덕

위로 올려야 하는 시시포스의 운명을 닮은 인간.

소모적이고 지루하며 무의미해 보이는 삶, 오르막과 내리막을 번갈

아 만나는 삶.

그 무한 반복에 진저리치고, 무의미성에 굴복한다면 남겨진 생은?

사람은 장애를 만났을 때 성장하고 도약한다.

어려움이 있기에 흐트러졌다가도 고쳐 앉고 또 다른 궁리를 하고 극복을 위한 의지를 낸다.

어려움이 없다면 그 누가 겸손해지며 다듬어지겠는가.

그렇다면 해법은?

결국 한없이 더뎌 보이고 무의미해 보이는 일상에서 찾아야 한다.

끝 간 데 없이 엉킨 실타래를 앞에 둔 듯 갑갑함이 턱 밑까지 차오르는 순간에도, 지금 여기에서 한 걸음 한 걸음 앞으로 나아가야 한다.

구른다, 쟁반 위에서 머리만 수십 개.

어덨나, 백팔번뇌 떨군 부러운 몸뚱이.

성취나 소유가 행복을 견인할 거라 여기며 부단히 애쓴 적 있을 게다.

한데도 고통과 좌절, 상실이 멎지 않던 날들, 무지한 채 인내심만 늘

인다고 되는 게 아닌 게다.

고된 시절, 끝없는 번뇌나 망상에 시달릴 때는 머리 떼어 낸 멸치만

봐도 부러움이 인다.

세상 속에 있되 세상을 초월하지 못하면 번뇌, 망상이야 항시 있기

마련이다.

대오각성하지 못한 바에야 늘 함께하는 동행들인 게다.

한 조사 결과는 근심, 걱정의 96퍼센트는 안 해도 되거나 해봐야 소
용없는 것들이라 했다.

그러니 이제부터는 동행을 제대로 살피며 가는 거다.

거개가 불필요한 것임을 완전히 알아차리며 가는 거다.

갑작스레 당도한 안정이나 평안함이 순식간에 당연한 것이 돼버리자
마자 서둘러 또 다른 기쁨이나 즐거움을 꿈꾸기.
새로운 불안이나 근심 주워들기.
선연히 보지 않으면 전체 속에서 파악하지 않으면 끝없이 헐떡대다
끝날 삶.

내 집 문지방을 넘어온 물건은 애초부터 내 것이었던 양 시들해지는
법이다.
극복한 상황이나 해결한 문제는 처음부터 자신과는 상관없던 양 우

스워지는 법이다.

편안하고 좋은 것은 왜 그리 빨리 익숙해지는지, 불편하고 고된 것이 두고두고 곱씹어지는 데 비하자면 사람 맘이 참으로 간사하다.

거시적인, 장기적인 안목과 이해가 없으면 사람은 매순간 나부낄 수밖에 없다.

팔랑댈 수밖에 없다.

흔들릴 수밖에 없다.

그때그때 보이는 것들에 울고 웃을 수밖에 없다.

물론 그때 보이는 것들도 실상이라기보다는 왜곡된 것이기 십상이다.

담담한 인내나 긍정적 수용, 자연스런 참 이해는 끊임없이 다듬어지고 단련되는 철학이 있어야 가능하다.

삶의 철학은 제대로 눈 뜨고, 그대로 보고, 온전히 겪을 때 생겨난다.

인생은 내리막도 성장이다

마흔 언덕에 올랐다.

마루에서는 지나온 길과 내려갈 길이 한눈에 잡혔다.

소멸이 보였다.

생의 한가운데서 먹먹하게 번져오는 두려움, 애달픔에 젖었다.

오르막에서는 인생이 허들 경주처럼 느껴진다.

내리 높아지는 허들을 넘어야 하는 너무도 벅찬 경주.

이전의 연이은 고난에서 생겨난 생에 대한 두려움과 자기 연민은 가까스로 올라선 언덕에서도 시야를 가린다.

새롭게 들어선 지평에서 시원스레 한눈에 잡히는 광경이나 일정 지점에 다다른 데서 오는 기쁨 등은 뒷전이다.

내려갈 길의 위태해 보이는 경사면만 보일 뿐이다.

올라오는 길목에서처럼 내려가는 길목에서도 마주칠 골짜기마다의 청량한 공기, 차가운 약수, 시원한 그늘, 산새 소리가 하나도 떠올려지지 않는 게다.

남은 날들이 가파른 내리막길, 인생의 내리막이 아닌 계속되는 변화, 성장의 여정이라는 생각이 들어설 자리가 없는 게다.

작은 성취의 미덕

슬픔이나 아픔을 덮어 두고 제쳐두고 지내는 게
위선인 줄 어리석음인 줄 의뭉스러움인 줄 알았다.
고개를 넘을 때는 반쯤 눈 감고 가기도 한다는 걸
한 걸음 앞만 보고 걷기도 한다는 걸
하루만 생각하며 살기도 한다는 걸
그땐 몰랐다.

어제 행복했다 안심할 것도, 내일 불행할 거라 근심할 것도 없다.
일희일비하지 않아야 한다.

일일이 반응하고 헤아리지 말아야 하는 때도 있다.

일거에 해결할 수 없는 상황들을 껴안고 묵묵히 한 걸음 한 걸음 걸어야 하는 날들도 있다.

그렇게 생을 건너야 하는 때도 있다.

고개를 건널 때는 더더구나.

정상이나 목적지만을 생각하고 걷는다면 어떤 위대한 등반가도 지치지 않을 수 없다.

그럴 때는 목적지를 잠시 잊는 게 좋다.

어서 목적지에 닿고 싶다는 마음조차 큰 짐이 되기도 하니.

낮은 목표와 중간 목적지를 미리 설정해 둬야 한다.

도중에 작은 성취들을 맛보며 가는 게 큰 힘이 되기도 하니.

깨닫길 고대하며 한 걸음씩

내려설 뭍이 보이지 않아 끊임없이 날갯짓해야 하는 새처럼,

올라설 얼음이 나타나지 않아 계속해서 헤엄쳐야 하는 곰처럼,

고단한 몸 누일 둥지 하나가 없는 것 같은 시절, 생의 한가운데.

앞선 세대를 돌보며 뒤이은 세대도 부양해야 하는 중년.

돌봐야 하는 다른 이들을 위해 헌신과 희생이 필요한 생의 한가운데.

이제껏 쌓아온 자신의 온힘을 모두 쥐어짜내야 하는 시기.

자신에게 눈 돌릴 여유 없이 일상을 유지하는 것만으로도 기진맥진

한 시점.

처한 현실은 녹록치 않고 출구도 보이지 않을 때 이 모든 상황에서

탈출하거나 회피하고픈 바람은 때로 이상행동으로 표출되기도 한다.

직장을 그만두거나, 이혼을 하거나, 사랑에 빠지는.

중년의 위기를 지혜롭게 잘 넘기는 게 우선과제임을 안다.

한데도 뿌리째 흔들리는 심경은 가누기가 버겁다.

허나 당장의 명쾌한 해법 보이지 않아도 시간의 누적으로 생겨나는

진액, 쌓이는 것들에서 드러나는 맥락, 깨달음 고대하며 앞으로 나아

가야 한다.

긴히 깊이 정을 나누지 않았다 해도

함께 새벽밥 지어먹고 세상으로 나섰던 날들 오래라면 외면할 수 있

을까?

함께한 시간의 누적으로 빈틈없는 편육 되었는데 헤어질 수 있을까?

차곡차곡 쌓인 세월의 무게로 내 팔, 네 다리 구분 없어졌는데 돌아

설 수 있을까?

하긴 그것도 넘의 눈물 보고 제 가슴 저밀 줄 아는 늙은이들 얘기다.

부부는 긴 여정을 함께하는 동행이다.

남녀 간의 사랑을 나누는 짝에서, 가정을 함께 가꿔 가는 동료로, 서로 의지하고 돌보는 동반자로 바뀌어가고 발전해가는 사이다.

서로의 성장과 나이 듦을, 희로애락을 쭉 지켜보는 긴밀한 관계다.

거친 세파 속에 가정이라는 울타리를 지켜내며 서로에 대한 연민을 키워 가는 연분이다.

허나 수명이 늘어나면서 상황은 변하고 있다.

유사 이래 남녀가 부부라는 이름으로 이토록 오래 함께 살게 된 때는 일찍이 없었다.

맞지 않는 부부라면 말할 것도 없다.

비교적 맞는 이들의 결합도 설렘과 안정감을 맞바꾸자마자 상대에 대한 관심이 스러지며, 위태한 지경에 처할 확률도 따라서 높아졌다.

"사람을 자세히 들여다보면 이쁜 구석이 얼마나 많은지 몰라. 나도 내자를 자세히 들여다보려고 노력해. 대충 보면 안 돼. 자세히 봐야지."

시인 김용택 선생의 내자 사랑법이 새삼 주목받아야 할 시대다.

가족, 젖은 솜처럼 무겁지 않길

기대어 사는 이유

홀로 있는 시간만이 자유는 아니다

슬픔도 공감하면 기쁨이 된다

주목받고 싶은 삶

우리는 여전히 모른다

실직은 새로운 경지다

종이개구리의 비상

재투성이 위에서도 웃을 수 있게

다시 차오를 수 있는 기쁨

가슴북 소리 따라 둥둥

비로소 집

이렇게 된 건 이렇게 될 수밖에 없었던 거다

특별하지 않은 삶은 없다

가슴북 소리 따라 둥둥

가족, 젖은 솜처럼 무겁지 않길

갖다 버릴 수도 없는 가족.

허나 그 가족이 있기에 혼자이지 않을 수 있다.

여느 관계처럼 처분할 수 있었더라면 터럭만 한 배움도 없었을 테지.

한 요가 수행자는 말했다.

자신이 높은 깨달음을 얻었다고 생각 든다면 부모를 만나러 가서 일

주일 동안 함께 지내보라고.

가족이라는 강제된 결합이 아니면 사람이 어디에서 다듬어질까.

스치는 만남에서, 외면만 나누는 관계에서, 버릴 수도 있는 관계에서

사람이 성장하기란 쉽지 않다.

불편하지 않은 상황에서도 기꺼이, 굳이 자신을 바꾸려는 이들은 많지 않으니.

그럼에도 고달픈 시간들에는 젖은 솜처럼, 무거운 쇠사슬처럼 느껴지는 것 또한 가족이다.

처분할 수 없는 가족관계가 감옥에 갇힌 것과 매일반으로 여겨지기도 한다.

때로 구속으로 느껴지는 관계이지만 그마저 없다면 하찮은 무엇 하나 잡아두기 힘든 게 삶이다.

종종 관계의 점성에 물릴 때도 있지만 누구라도 홀로는 흐르는 물 위에 성을 세울 수 없다는 걸 알기에 사람들은 서로 기대어 산다.

망망대해로 떠내려가지 않게, 부유하듯 살지 않게 자신을 잡아준다 여겼던 관계들이 어느 순간 옴짝달싹 못하게 만드는 그물망처럼 옥죄어 온다 느껴질 때가 있다.

스치는 듯한 만남이 아니라면 관계에는 갈등과 상처가 상존할 수밖에 없다.

각기 다른 개성이 자신을 표현하는 데 부딪힘이 없을 리 없다.

무조건 상대를 위해 희생, 순종하는 건강하지 못한 관계라면 몰라도.

부딪힘 없는 완벽한 관계는 이상으로만 존재할 뿐이다.

그러니 이상적인 관계에 대한 과도한 추구는 현실을 실제 이상으로

불행하게 인식하도록만 할 뿐이다.

생활하다 보면 실제로 털어내야 하는 관계도 분명 존재한다.

그러나 생각의 부침이 심한 때에는 같은 관계라도 때론 부담스럽고

귀찮게 여겨지기 마련이다.

변함없는 건 애초부터 사람은 혼자 살아남을 수 있는 존재가 아니라

는 것.

자신만 보고 살면 인생에 해법이 없다.

홀로 있는 시간만이 자유는 아니다

자유, 지극한 즐거움의 순간에 '누군가와 함께라면…'의 생각으로 기쁨을 유예하거나 반감시키지 않을 수 있는.

대부분의 사람은 무한한 자유보다는 일정 정도의 구속을 필요로 한다.

자유는 감당할 준비가 되어 있지 않은 이에게는 고통일 뿐이다.

무엇에도 속박돼 있지 않음이 외려 버거울 뿐이다.

즐기지 못하는 건 물론이고.

일정 상황이 도래하면, 누군가가 나타나면 자신의 삶이 달라질 거라

여기는 이들이 있다.

특정 상황이나 사람이 자신을 구원할 것 같은 안이한 착각.

자신이 삶의 주체가 되는 게 힘겹고, 그저 누군가의 지시에 순응하며 누렸던 유년기의 안온한 평화가 그리운 시절.

허나 자유의 감당이 버거운 그 시점을 넘어서면 현저히 다른 세계가 열린다.

고독의 순기능에 눈뜰 무렵에는 새로운 지평을 맞이하게도 된다.

스스로 창조하는 삶, 관계에 문제없지만 매이지도 않는 삶을.

그렇다고 홀로 있는 시간만이 자유를 의미하진 않는다.

그것은 사람들과 함께하는 시간에도 자신일 수 있는가의 문제다.

묻지 않아도 고단함이 느껴졌다.

그래서 외면의 대화만 나눴다.

무릇, 연륜은 곧바로 상대의 심상까지 보게 한다.

잘 보이기에 오히려 고달픈 이들을 외면하기도 한다.

다른 이의 아픔을, 상처를 아는 체하는 데만도 여유와 사랑이 필요하다.

시간이 지날수록, 삶의 고단한 면을 알아갈수록 다른 이의 고달픔을

외면하기가 쉬워진다.

그저 상대의 고충을 들어주는 것만으로, 인정해 주는 것만으로 스스

로 털고 일어설 힘을 줄 수 있다.

하지만 단지 듣는 것만으로도 자신의 경험이 겹쳐지며 곤혹스러워지고, 그 이상의 어떤 희생이 요구되어질까봐 지레 두려워하게 된다.

그래서 주지도, 받지도 않는 일견 합리적으로 보이는 냉랭한 관계에 갇혀 더더욱 고단한 삶을 이어가기도 한다.

주목받고 싶은 삶

은퇴 후의 무료함을 덜자고 찾은 문화센터.

아뿔싸, 이곳에도 경쟁이 있었네.

회사 떠난 뒤로 더는 볶이지 않을 것 같더니만.

뼈 없는 동물인지 사지가 홱홱 구부러지는 요가 시간의 최 여사.

뒤늦게 붓글씨 영재로 떠오른 서예 시간의 조 씨.

두툼한 손으로도 솜씨 좋게 그릇을 빚는 도자 시간의 김 형.

고작 다섯 명인 강좌의 반장도 장이라고 설레발치는 고 사장.

배우러 온 건지 불평불만, 남 탓하러 온 건지 알 수 없는 자칭 이 군.

입만 열면 자식, 손주 자랑으로 귀 따갑게 하는 손 공주.

하다못해 더 깊은 병 지닌 이가 병실을 제압하고,

유치원 다섯 살짜리도 또래보다 바쁜 스케줄을 자랑삼는 세상.

주목받고, 사랑받고 싶은 이가 허다한 세상.

"어머니, 어머니~" 하며 살갑게 대해 주는 약장수들에게 크게 사기를

당하고도 경찰에 선처를 호소하는 노인들.

"아들딸도 그렇게 안 해 주는데…."

"마음에 위안이 되고 존재감이 생기더라고."

"그 순간만큼은 돈이 문제가 아니야."

뉴스에 나오는 안타까운 이들만이 아니다.

세상에는 학력, 넓은 인맥, 옷이나 자동차, 하다못해 동정일지라도 주

목받고, 사랑받고 싶은 이가 허다하다.

관심 가져줘야 할, 사랑해야 할 이들이 넘쳐난다.

귀 팔랑대며, 코 킁킁대며 오는 자극에는 죄다 반응하는.

매 순간 설레는 강아지에 비하자면 군살 없지만 마르지도 않은.

붙박인 듯 앉았다 어쩌다 움직여도 느릿하기만 한 그것은.

늘어진 젖 모양새로는 세상에 강아지 몇 십 마리는 이미 뿌려 놓았을

그 누런 늙은 암캐는.

지나는 이들도 그저 순하게 보는 법 없이 삐딱하니 쳐다보며 웬만한

일에는 시들, 놀라는 법 없이 아주 가끔씩 깊은 숨이나 한 번 내쉴 뿐.

사는 게 뭔지 벌써 알아버린 눈빛으로 노년의 사람 행세를 한다.

이제 절반 와 놓고 사람들은 안다 한다.

다 알아버렸다 한다.

재미없다 한다.

앞서 간 이들이 말한다.

'오직 모른다'하고 살라고.

새로 뭔가를 시작하라고.

안다 생각하면 눈과 귀가 막히니 안다 생각한 것도 찬찬히 들여다보라고.

그렇게 새롭게 보며 살라고.

생기 없는 중장년의 특징은 뭐든 안다 생각하고 무관심하다는 데 있다.

과욕을 경계해야 했던 청춘과 달리 기백 없음을, 나태해짐을 조심해야 하거늘.

물론 세월 속에 얻게 된 깨달음이야 어지간히 있을 게다.

허나 아직도 허다하게 모르는 것투성이라는 데에는 이르지 못한 이들이 참 재미없게도 산다.

즐거움은, 기쁨은 여전히 배우는 자의 몫인데.

실직은 새로운 경지다

한낮의 동네를 어슬렁.

생존 경쟁 아닌 낯선 시간 속의 유영.

김 부장 아닌 신사동 무명씨 되는 순간.

누구도 내 이름 부르지 마라.

난 꽃이 되고 싶지 않다.

무엇인가 얻기 위해, 무엇이 되기 위해 기를 쓰며 살다 갑작스레 멈

춰 선 순간.

그 낯선 시간 속의 유영.

다시 태어난 듯, 딴 세상에 들어선 듯한 그 낯설음을 서둘러 외면하진 마시길.

때로 낯설음 속에서 생은 다시 깨어나니.

자신이 '뭣도 아닌 것'이 신경 쓰이지도 않는 경지, 두려움에 황급히 꽃이 되려고도 하지 않는 경지, 조금은 디뎌보시길.

지금은 힘을 비축하는 중.

심히 눌릴수록 더 멀리, 더 높이.

기대하시라, 개봉박두!

자벌레가 움츠렸다 앞으로 나아가듯 위축된 마음도 펴질 날이 있다.

위축은 팽창과 전진을 위한 준비.

《돈키호테》의 작가 세르반테스는 말했다.

"인내심을 지녀라. 그러면 다른 카드를 받을 수 있다."

지난한 시간일수록 비상하고자 하는 생명력을 단단히 지켜내야 한다.

솟아오르려는 에너지인 희망과 긍지를 잃지 말아야 한다.

북풍이 바이킹을 만들었다지 않나.

고난의 시간을 제대로 겪다 보면 때로 오늘의 아픔이 내일의 기쁨 되어 당도하기도 한다.

절정은 곧 내리막이요, 바닥은 솟구쳐오를 시작점.

그 어느 때건 들뜨거나 좌절하지 않는 의연함이, 담담함이 필요한 이유이기도 하다.

모든 게 스러지고 난 뒤 절망과 탄식만 남을 수도 있지.

모든 게 재가 돼버린 순간, 이전까지의 노고와 간절함이 떠올라 더

이상 일어설 수 없는 지경이 될 수도 있지.

이전의 시간들에, 자신의 수고에 집착한다면 그럴 수도 있지.

한데 그렇지 않다면 그곳에도 희망이 있지.

이전에 쌓아올렸던 것보다야 보잘 것 없지만 무(無)에서는 창조할 것

들만 있으니까.

새로운 변화가, 시작이 있으니까.

소소한 것들을 쌓아 올리는 재미가 있으니까.

사람이 한평생 꼭 해야 할 것도, 딱히 이뤘다 할 것도 없는 바에는 실상 변화, 움직임보다 중요한 건 없지.

그 속에서 바라봐야 할 건 긍정, 희망일 테고.

그래서 사람은 재투성이 위에서도 웃을 수 있지.

중년에 이르기까지 상실의 경험이 없는 이는 없다.

소소한 실패나 상실이야 늘 있는 것.

하지만 크게 잃었다 생각 드는 때도 있다.

일어설 힘 없을 뿐더러 어떻게 살아야 하는지, 왜 살아야 하는지도 모르겠는 시절.

환경에 맞서 발길질할 동안에는 무언가 이룰 수도, 시작할 수도 없다.

할 수 있는 일은 해야 한다.

그렇지만 자신의 힘으로 어찌해볼 수 없는 것들마저 인정하지 않고 버티다 보면 앞으로 나아가지 못한다.

절망에 빠져 어둔 골목만을 헤매 다니게 된다.

이미 잃은 것들은 연이 다한 것일 뿐. 내려놓아야 한다.

한데 놓지 못한다면 이미 잃은 것들에 더해 집착이 주는 고초마저 겪

게 된다.

방법이 새로 시작하는 것밖에 없다면 한시라도 빨리 시작하는 게 지름길이다.

잃은 것에 매여 탄식하는 동안에는 새로 쌓이는 것 없을 뿐더러 내내 고달프기만 하다.

자신의 괴로움이 크다고 달라지지도 않는다.

진실은 때로 혹독하고 예외 없다.

다시 차오를 수 있는 기쁨

부족해서 어리석어서 다시 차오를 수 있는 지극한 기쁨을 아는가?

부족하다 어리석다 한탄하지 마시게.

기쁨으로 가는 길목에 울상이 웬 말인가?

모든 것이 충분하다면 그 자리에 정지해 있을 게다.

앞으로 나아가려 하지 않을 게다.

몰라야 알게 되는 기쁨을 누린다.

어둔 것이어야 밝아지는 느낌이 새롭다.

떨어진 밑바닥에서는 올라갈 일만 있다.

그러니 두려울 게 없다.

한 계단 한 계단 오르는 즐거움이 새록새록 하다.

성공이나 안전한 항해에 대한 희구가 너무 강하다 보면 의외의 즐거움을 놓치게 된다.

부족한 자신이 부끄러워 한 걸음도 나가지 못한다.

그럴 때 파도나 폭풍은 단련을 위한 필요조건이기보다 무조건 피해야 할 공포의 대상으로 전락한다.

자신에 대해 알고자, 삶의 비밀을 풀고자 세상 속으로 뛰어드는 도전의식은 현저히 감퇴된다.

때로 실패하거나 상처 입으며 살아 있음을 절절히 느끼며 생을 뚫고 지나가는 기쁨은 영화 속 주인공 얘기에만 국한될 뿐이다.

스스로 체험하기보다는 브라운관 밖의 관람자로 팝콘이나 질겅이며 노쇠해 가는 거다.

할 수 있는 걸 하러 왔다.

할 수 없는 게 아니라!

일순 마음이 고요해졌다.

깊은 밤 소리 없이 쌓이는 눈처럼.

조급함이나 불안이 삽시간에 휘몰아칠 때가 있다.

상황은 분명 변한 게 없음에도.

마음이 산란한 틈을 비집고 들어서는 건 어둠.

그럴 때 '모든 건 지나간다'는 말만큼이나 위안과 평화를 주는 얘기,

마음결을 가지런히 빗질해 주는 것 같은 말

할 수 있는 걸 하러 왔다.

할 수 없는 게 아니라!

자신을 사납게 몰아치지 말아야 한다.

주변의 무한 기대, 타인의 거친 시선에도 얽매이지 말아야 한다.

그저 제 가슴 속에서 울리는 북소리 따라 가는 거다.

그 리듬에 따라 맹렬하게 달리다 스스럼없이 쉬고 태연자약 놀며 가는 게다.

비로소 집

해 이울며 집 안 가득 번지는 구수한 밥 냄새.

뜸들이기에 열중하고 있는 밥솥과의 마지막 4분.

장작불로 하는 밥도 아니건만 마주앉아 한 마음 보태는 건 뜨거운 밥
이 주는 지극한 기쁨과 평범한 행복을 이제야 깨달았기 때문.

바삐 살던 젊은 날에는 언감생심 꿈도 못 꾸던 눈물 찍어 내며 "고맙
습니다"를 읊조리는 자리.

또 한 명 거울 앞 누이의 에돌고 돌아 온 자리.

매일 먹는 밥의 담백한 맛과 기꺼움을 아는 데도 연륜이 필요하다.

특별해서, 희소해서 자신을 사로잡는 것만을 찾아 밖으로 돌 때에는 일상의 소중함을 모른다.

그러니 황홀함이 자신을 현혹할 때 외에는 대부분의 시간을 불행하다 느낀다.

기다림의 시간이라 생각한다.

무의미하다 여긴다.

그래서 드물게 행복할 뿐.

밥, 일상의 의미는 밖으로 떠도는 생활에서 일정한 거리를 둬야 제대로 음미할 수 있다.

찌개 끓는 소리와 구수한 밥 냄새 편만하게 퍼져 있는 집.

그 집이 사람을 순화시키고 안정시키며, 무언가 잘못될 일 같은 건 없다 위로한다는 걸, 지금 여기에 발 단단히 비끄러매게 한다는 걸 알게 된다.

이렇게 된 건
이렇게 될 수밖에 없었던 거다

허다한 근심, 걱정.

잔설 녹듯, 아이 젖 떼듯, 버스 떠나듯.

결국 그 무엇도 아니란 걸 머리 허연 날들에야 알게 됨에야.

안절부절, 전전긍긍으로 안 될 일이 되었다는 얘기 들어본 적 없다.

그럼에도 벌어지지 않은 일 두고 미리부터 불안에 짓눌렸던 날들 그

얼마나 많았던가.

회오리바람은 아침 내내 불지 아니하고, 소나기는 하루 종일 내리지

않는다 했거늘.

결국 그마저도 실바람도 이슬비도 아니었음을 수없이 목도했을에도.

뒤늦은 깨달음이라는 것, 없다.

알게 된 이후부터라도 명심하면 된다.

문제는 어차피 늦었다며, 이번 생은 망했다며 자신의 삶을 방기하는

데 있다.

허다한 근심, 걱정으로 내내 마음 졸이고 오그리고 살았다면 이제부

터라도 쭉쭉 뻗어 보며 살 일이다.

담담히 걷다 보면 안개 걷힌다는 것쯤 벌써 알았으니.

특별하지 않은 삶은 없다

살펴보니 고단하지 않은 삶 있더냐.

지켜보니 아름답지 않은 삶 있더냐.

속내를 살펴 가슴 짠한 사연 하나 가지지 않은 이 없고, 이러구러 알
고 보니 이해되고 아름답다 느껴지지 않는 생 하나 없다.

얼핏 봤을 때는 다 가진 것처럼 보이는 이도 웃는 모습 뒤에 아픔이
있다는 걸 알게 되고, 스치듯 볼 때는 불완전해 보이지만 결국 그이
도 제자리에서, 제 수준에서 최선을 다하고 있는 거라는 걸 느끼게
되는 순간이 불현듯 오기 마련이다.

고무줄 넘듯 사뿐하게

행복의 뒷면을 마주할 용기

행복한 지경에만, 달뜬 기분에만 머물려는 건 무리다.

때로 왼쪽에 있을 수도, 아래에 있을 수도, 중심에 있을 수도 있다.

그게 실체다.

자연이다.

바로보기다.

그리 맨눈으로 볼 수 있기까지 한 세월이 흘렀다.

그래도 괜찮다는 걸 깨닫기까지 검은 머리 파뿌리 되었다.

무슨 수로 저마다 아침형 인간이 되고, 어떻게 모든 일을 매번 긍정으로만 볼 수 있는가.

어떤 이론이건 섣부른 일반화는 폐해를 낳는다.

그 가운데 과도한 긍정주의는 현실을 제대로 파악하지 못하게 한다.

낙관하지 않는다 해서 죄의식마저 갖게 되는 분위기라면, 엄연히 상존하는 불편한 진실도 내내 외면하게 된다.

균형 잡힌 시각이라면 제때에 손쓸 수 있는 것조차 놓치기도 한다.

불안한 심경임에도, 우울한 심정임에도 드러내지 못하고 사회적 가면을 쓴 채 사는 건 상황 자체가 주는 불편함이나 괴로움 이상의 고통이다.

직면할 힘을 잃으면 해소할 수도, 해결할 수도 없다.

내보인다고 잘못되는 게 아니다.

어떤 방식으로 표출하느냐의 문제일 뿐 분노나 상심도 겉으로 드러내 해소해야 또다시 균형을 이룬다.

눈 뜨면 보이는 것들

늘그막에 다른 이의 허물을 감싸 안는 이면이, 눈앞에 다가선 죽음에 대한 두려움이나 체념 같은 것들이라 여긴 적도 있었다.

한데 눈 밝은 이에게는 상대의 허물이 제 허물과 별반 차이가 없다는 걸 제대로 깨우치는 날이 불현듯 오기 마련이다.

물론 말로야 글로야 벌써 아는 일임에도, '어떻게 사람이 그럴 수가'가 '사람이니까 그런 거구나'가 되는 순간이 온다.

시간의 누적, 경험의 중첩이 있어야만 깨닫게 되는 일들이 있다.

복합적이고 다면적인 삶의 속성에 눈떠야만 보이는 것들도 있다.

단선적이고 획일적인 사고방식으로는 도저히 이해할 수도, 용납할 수도 없던 일들이 어느 순간 그럴 수도 있는 일이 되는 시점이 있다.

상대의 약점이 내 허물과 별반 차이 없다는 것을 깨닫게 되는 시점, 그들도 모두 나아지고, 되어가고 있다는 것을 알게 되는 시점.

타인들을 내 삶의 일부로, 온화한 눈길로 보게 되는 시점.

나이 듦의 기쁨이자 시간의 선물.

모든 것을 있는 그대로 바라보며 평안해지는 순간이 온다.

사실, 우리 모두 시한부 인생.

모나게 살자!

표 나게 살자!

한 생이 피어나는 것처럼 스러지는 것 또한 엄연한 사실, 결국 우리 모두는 시한부 인생이다.

독일의 철학자 니체는 유한한 삶을 살 수밖에 없는 인간의 운명, 그에 맞서는 생에 대한 태도를 간단히 정리했다.

「죽는 것은 이미 정해졌다. 명랑하게 살아라.

언젠가는 끝날 것이다. 온 힘을 다해 맞서라.

시간은 한정되어 있다. 기회는 늘 지금이다.

울부짖는 일 따윈 오페라 가수에게나 줘버려라.」

해야 할 것 수행하는 것도 미덕이다.

그러나 '남 보기 부끄럽지 않게', '남부럽지 않게'만 살다 보면, 정작 자신이 어떤 사람인지 알지도 못한 채로 죽는다면, 하고 싶은 일이나 가슴 설레는 일을 내내 외면하고 지낸다면, 분명 억울할 게다.

길 가다가 죽는 게 인생이다.

뭘 하다가 죽는 게 인생이다.

그리고 다행히 죽는다.

삶이 유한하고, 게다가 그 마지막이 언제인지 모른다는 사실은 빠른 시간 내에 사람을 균형으로 이끈다.

들떠 있거나 조급했던 감정이 제자리를 찾고, 물 젖은 담요마냥 무겁게 느껴지던 일상이 여느 때의 모습을 되찾는다.

인생은 다리와 같으니 그 위에 집을 짓지 말라던 성경 글귀처럼 꼭 무언가를 완성, 완수해야 하는 건 아니라는 결론에 이른다.

삶에서 야기되는 긴장과 고통이 경감된다.

죽음에 대한 생각이 오히려 충실한 삶을 이끄는 게다.

삶과 죽음은 하나다.

살아 있으면 살아 있어서 좋고, 죽으면 매인 목숨에서 풀려나서 좋은
게다.

고무줄인생

인생, 누리기엔 짧고 버티기엔 너무 긴.

아이슈타인은 상대성이론을 "상냥한 여자와 함께 보내는 2시간은 2분처럼 느껴지고, 뜨거운 난로 위에서의 2분은 2시간처럼 느껴진다"고 쉽게 설명했다.

생각과 느낌은 시간의 길이도 왜곡한다.

그러니 누리겠다 생각하는 시절에는 하염없이 짧은 것 같고, 어떻게든 견뎌야겠다 생각 드는 시점에는 더 없이 길게 느껴지는 게 인생이다.

본디의 길이와 상관없이 늘었다 줄었다 하는 인생.

같은 시간을 살아도, 같은 세상을 걸어도 사람마다 느끼고 보는 세상은 다를 수밖에 없다.

그리스인 조르바는 이를 훨씬 더 멋지게 표현했다.

"인생의 신비를 사는 사람들에겐 시간이 없고, 시간이 있는 사람들은 살 줄을 몰라요."

남 허물은 볼록렌즈로.

내 허물은 오목렌즈로.

허물 없는 사람은 없다.

아무리 원만한 이여도 한두 가지의 허물은 있게 마련이다.

사람이 살아 움직인다는 건 허물이 생기는 일이다.

모두에게 환대받고, 전부에게 유익하게 움직이기는 힘들다.

그러니 삼가야 한다.

남의 허물을 재빨리 알아채며 오래도록 기억하는 것.

한 치의 흠결도 용납하지 않는 완벽함에 대한 기대로 자신을 몰아치는 것.

그런 사람은 없다.

그러니 자신뿐만 아니라 다른 이들도 실수투성이고 불완전하다는 걸 잊지 말아야 한다.

우리 모두는 배우고 경험하기 위해 이곳에 왔다.

사람은 실수를 통해 발전하고 강해진다.

그러한 실수가 허물로 느껴진다면, 그래서 꺼려진다면 어떤 것도 하지 말아야 한다.

보다 온화한 시선으로 자신과 상대방의 단점과 실수를 바라봐야 사람은 생존, 공존할 수 있다.

뭐든 붙잡으려 들면 고통이 따른다.

큰 의미만, 기쁨만, 평안함만 가려 뽑으려 하지 말자.

이도 저도 뒤섞여 온다.

그리고 모두 지나간다.

집착일 뿐이다.

변함없는 게 하나도 없는 세상, 이 무상한 세상에서 뭐든 똑같기를
고집하는 건, 동일한 상태에 머물기를 바라는 건 고통을 자초하는 일
이다.

그러니 좋다 생각되는 것들도 가려 뽑으려 들지 말아야 한다.

분별하지 말고 오는 손님을 모두 맞아야 한다,

결국 모두 떠나버릴 객들을.

또한 분별심을 버리기 위해서는 역설의 가치에도 눈 떠야 한다.

이기는 것도 좋지만 지는 것도 괜찮은 것, 많은 것도 좋지만 적은 게

더 좋은 것, 함께도 좋지만 홀로도 신나는 것.

그 전부를 받아들이는 게 온전히 생을 체험하는 길임을 이해해야 한다.

싫증의 가치

뭐든 질리는 때가 있다.

쉬는 것도, 노는 것도, 사랑하는 것도.

그래서 삶은 앞으로 나아가고 지속된다.

새롭고 재미있던 것, 자신을 감동시켰던 것이 순간 낡고 뻔하고 재미

없는 것으로 바뀌어버리는 것은 삶의 잔혹한 진실.

도박이나 술 중독만 유해한 것은 아니다.

뭐든 머무르면 고이고 탁해진다.

지루함이, 싫증이 없다면 대상에 극단적으로 빠지게 된다.

삶이 균형을 잃게 된다.

그러니 같은 상황에서도 여전한 즐거움을 얻지 못하는 게 어찌 보면 신의 자비라 할 수도 있겠다.

색다른 즐거움을 위해서는 더 나은 시도를 하거나 낯선 상황으로의 모험을 감행해야 한다.

그래야 삶이 앞으로 나아가고 세상이 돌아간다.

끊임없는 변화, 새로운 배움은 삶이 주는 선물.

그러한 변화를 담대하게 받아들이지 못하고 거부하지만 않는다면야 또다른 즐거움, 행복을 만나게 된다.

눈을 부릅뜨고 열중할 것도,

눈을 감고 방관할 것도 없는 중도의 삶.

생과 사의 줄타기를 넘어선 붓다의 눈빛.

그 무엇보다 번뇌 없음이 궁극의 행복이란 걸 안다.

세상을 초월하되 세상을 버리지 않는 중도가 온전한 깨달음이라는

걸 안다.

허나 그것도 글로만 읽고 눈으로만 익힌 거라 세상살이는 내내 고달

프다.

그래도 앞으로 가는 거다.

다시금 알아채면서 가는 거다.

배우면서 가는 거다.

그 외에는 길이 없다.

수확의 시간을 고대하며 씨 뿌리고, 정성껏 가꾸면서 희망 품고 가는

거다.

우리가 손에 쥘 수 있는 건 아무것도 없지.

성근 투망 속을 가벼이 빠져나가는 모래처럼, 한순간 빛을 발하며 사

라지는 모래알처럼, 삶은 매순간 경이롭게 빛나지만.

우리가 손에 쥘 수 있는 건 아무것도 없지.

쥔다 해도 가져갈 수 없는 것들, 내 것이지 않은 것들.

하지만 삶을 풍성하게 그득 채워 주는 것들.

한 생이 일어났다 스러질 때 무언가 이뤘다, 무엇이 되었다 할 게 있

을까.

생을 마칠 때 떠오르는 건 자신에게 깊이 각인된 슬픔과 기쁨, 사랑

했던 이들, 타인에게 따스하게 빛났던 순간들이리라.

떠올릴 것 많은 생이 축복받은 삶.

그 밖의 것은 줄 수도, 가져갈 수도 없는 허망한 것들.

오늘, 무엇에 힘써야 하는지가 확연해지는 게다.

오늘이라는 기적

해결할 문제가,

낯선 상황이 남아 있다는 건

살아야 할 이유가 있다는 얘기다.

살아 있다는 얘기다.

좋은 얘기다.

사고로 왼쪽 눈꺼풀만 움직이게 된 저널리스트 장 도미니크 보비는
"고이다 못해 흘러내리는 침을 삼킬 수만 있다면 그는 세상에서 가장
행복한 사람"이라고 했다.

무감각하게, 기계적으로 사는 이들은 자주 잊곤 한다.

아침에 일어나 멀쩡하게 몸을 움직이는 것만도 기적이라는 것을.

살아서 이 눈물겹게 아름다운 세상을 또 누릴 수 있는 기꺼움을.

그 나머지는 덤인데 그걸 모른다.

세상을 치유하는 건 시비를 가리는 합리나 비난, 회초리보다는 위로
나 격려, 사랑이다.

모든 일의 시비를 명확히 가리는 게 성숙함의 척도라 여기는 때가 있다.

비판적 사고나 언행이 지식인인 것 같은 착각 속에, 쉽게 평가하고

빠르게 단정 짓는 시절.

모든 게 명명백백할 필요는 없다.

재빠르고 명료한 언행은 때로 자신과 타인을 모두 곤혹스럽게 한다.

그럼에도 모호함, 불분명함을 시간을 두고 지켜볼 여유가 없다.

그 흐릿함을 두고 보는 게 때로 상대를 배려하고 보호하는 일인 줄을 모른다.

한시바삐 확실한 분류를 해두고 관성으로 살려는 게으름이 발동한다.

흑백을 가린다며 칼을 휘두른다.

위로나 격려가 고단한 이들뿐만 아니라 누구에게나 힘과 기쁨이 된다는 걸 모르지 않는다.

그럼에도 그보다는 자주 상대를 채근하거나 비교함으로써 의욕을 상실하거나 좌절하게 한다.

장점보다는 단점을, 이미 이룬 것보다는 아직 못 이룬 것을 부풀려보길 좋아한다.

평안한 삶을 꿈꾼다면, 평강한 세상을 바란다면 자신이 원하는 것을 상대에게 해주면 된다.

자신이 싫어하는 일을 상대에게 하지 않으면 된다.

금세 죽을 사람처럼 사는 것도, 마냥 살 사람처럼 사는 것도, 어리석
긴 매한가지다.

죽는다는 건 날 때부터 예정된 일이다.

그런 운명에서 비켜나 있는 이, 아직 본 적 없다.

하루하루 사는 게 바꿔 말하면 하루하루 죽어가는 것이다.

그럼 뭐 하러 왔나?

태어나 자라고 늙고 죽으러 왔다.

그게 삶이다.

큰스님들은 왔다 가는 길이 아니요, 자연 그대로일 뿐이라 했다.

그러니 태어나 기쁜가, 죽어서 슬픈가.

유한한 삶을 충분히 자기 자신으로 충실히 살다 가는 것이 존재의 의미가 아닌지.

'어차피 죽을 텐데 뭐' 하며 살든, '한 번 살다 가는 거 이왕이면' 하며 살든 그건 각자 몫이다.

고무줄 넘듯 사뿐하게

무릎 높이의 고무줄을 넘듯 사뿐하게.

봄날 오후처럼 느긋하면서도 안온하게.

봄바람처럼 시원하면서도 싱그럽게.

이승과의 이별을 이리 생각하는 이가 몇이나 될까.

사람들은 주변에서 다른 이들이 죽어가는 것을 보면서도 자신도 죽

을 수 있다는 사실, 결국 죽는다는 사실에는 선뜻 동의하지 못한다.

게다가 죽음을 똑바로 바라본다는 것은 현재의 문화가 그 무엇보다

받아들이기 어려운 일.

그러니 뿌리가 튼실하지 못한 반편의 삶을 살 수밖에 없다.

살날만 생각하고 사는 삶의 뻔한 한계.

생성에서 소멸로의 변화를 받아들이지 못하는 삶은 붙들 수 없는 것을 잡으려 들기에 고통과 서글픔, 절망으로 이어질 수밖에 없다. 《법구경》에 이런 말씀이 있다.

「보살은 삶이 있으면 반드시 늙고 병들어 죽는 일이 뒤따른다는 사실을 알고 있다. 이 때문에 나고 죽음에 대해 여유로울 수 있는 것이다.」

진정한 자유는 죽음에 대한 두려움에서 벗어나야 얻을 수 있다.

자신의 삶을 제대로 구현할 수 있다.

이승 떠날 때도 저항하지 않고 고무줄 넘듯 사뿐하게 갈 수 있다.

날벌레 점점이 반짝이는 사찰의 한낮.

영원이다!

인적 드문 고택이나 사찰, 폐사지에서 맞게 되는 한낮의 적요(寂寥).

낯선 공간, 시간과의 조우.

찰나를 사는 이가 경험하기 힘든 영원(永遠).

그 속으로 미끄러져 들어가는 나른한 오후.

폐허나 드넓은 풍경 속에 있을 때 사람들은 자신의 미미함에 눈뜨곤

한다.

자신이 광대무변한 공간 속의 점, 무궁무진한 시간 속의 점에 불과함을 여실히 깨닫는다.

모든 것이 흙에서 흙으로 스러질 운명임을 의식한다.

허나 자신이 보잘것없다는 느낌이 자신을 불행한 존재로만 인식하게 하진 않는다.

외려 영원할 수 없는 것들을 추구하며 마음의 평화를 내줬던 무지에 대해 새삼 생각한다.

앞서간 듯 보여 자신을 불안에 떨게 했던 이, 너무 버겁게만 느껴지던 일, 부담스럽고 꺼려지는 관계로 고통 받던 시간들이 왜소하게 느껴진다.

그렇게 평정을 되찾는, '순간 속의 영원'은 저릿하다.

그렇게 찰나가 영원과 합일한다.

영원에 잠시 발 디딘다.

나이 듦이, 죽음이 자신의 것일 수 있다는 친구의 얘기에 고개 주억거립니다.

사람 한평생이라야 살았달 것이 없다는 시인의 얘기에 공감하게도 됩니다.

칠순의 딸이 구순의 부모 마음을 유리처럼 읽게 되었다는 TV 속 얘기에 눈물 흘립니다.

사는 게 별 거 아니니 너무 애쓰지 말라는 옆집 노인네의 얘기에 가슴 짠해집니다.

마흔에는.

허나 그 얘기도 압니다.

"인생은 사십부터도 아니요, 사십까지도 아니다. 어느 나이고 다 살
만하다"던 피천득 선생의 얘기.

마흔은 무르익고, 그윽해져가는 서막이다.

성급해하지 않는다면, 어영부영 흐르는 듯 보이는 시간, 근심의 시간
들 속에 간간이 디딤돌처럼 나타나는 삶의 이치나 깨달음을 발견하
기 시작하는 멋진 나이다.

이전 시대보다 길어진 인생에서 마흔은 그야말로 황금기.

획일적인 인생 계획이나 삶의 방식을 따르지 않고 자신만의 인생을
새롭게 시작할 수 있는 나이다.

정신분석학자 융은 "중년이 되어서도 오로지 죽을 때까지 인생을 포
기하지 않는 자만이 활기찬 삶을 누릴 수 있다"고 했다.

자신이 어떤 사람인지는 다양하게 경험해보고 한껏 펼쳐 보아야 알
수 있는 일.

그 와중에 돌아가는 것처럼 보이는 길도 있을 테지만 그러한들.

진실은 결국 우회나 지연 따위는 없다는 것.

새벽에는 누구나 착해진다

순간에 충실할 뿐

손끝, 발끝 닿는 곳에 행복이

소소함에 눈 뜨기

푸념, 좋거나 나쁘거나

고통도 이해하면 조금은 가벼워진다

노상 까먹는 얘기

흔들댄다고 쪽팔릴 것 없지

지루한 일상도 늘 끓어오르고 있다

걷다보면 안개는 걷힌다

걷다보면 안개는 걷힌다

가슴이 시려서인지 아파서인지 느닷없이 눈 뜬 새벽.

그건 이별의 예가 아니었구나.

사람에 대한 도리가 아니었구나.

뜨거운 참회의 눈물을 그의 손에 떨군 게 여전히 생시 같기만 하다.

회피일까, 망각일까.

예전의 그이는 내가 아닌 듯도 싶은데, 추억은 아스라해지고 성정은

순해지는 중년의 쓸쓸한 한밤.

그 하산의 초입.

《논어》에 이르기를, 새는 죽을 때가 되면 그 울음소리가 슬프고, 사람은 죽을 때가 되면 그 말이 착해진다고 했다.

죽을 날을 알고 사는 것도 아닌데 죽음에 임박해서야 착해진다면? 늦다.

일상의 얼개들에서 놓여나는 새벽, 명료해진 의식 속으로 틈입하는 것이 있다.

사람의 몸은 날마다 세포가 교체돼 1년만 지나도 전체 세포의 약 99퍼센트가 새것이라 하는데, 그때의 그이가 과연 자신일까 싶게 희미하기만 한 옛 기억.

복잡한 상황이나 뒤헝클어졌던 감정이 뒤로 물러나며 본디의 뼈대만 남겨진 기억들.

확연한 맥락 속의 벌거벗은 자신과의 조우.

새벽녘, 서늘한 평화와 고요 속에 문득 눈뜬 당신이 참이다.

내일도 봄일 줄 알고 잠들었다 황망히 봄을 놓치는 것처럼,

내일도 삶일 줄 알고 눈 붙이다 찰나에 명을 달리하는 것처럼.

어느 내일에는 돌아갈 텐데,

어느 오늘에는 돌아갈 텐데.

일 년 뒤의 셈을 해보다 누군가를 미워하며 잠 못 이루고,

한 해 두 해 나이 들어가는 육신을 통탄하며 또 날을 샌다.

죽을 날에 대한 생각은 타인의 시선에서 자신을 자유롭게 풀어준다.

보다 가치 있는 것들에 주목하게 한다.

살 날만 생각하며 너무 아등바등 사는 이에게는 속도 조절을 권한다.

유한한 삶을 설계하는 데 불필요한 것들, 덜어내며 살 일이다.

가지치기하며 살 일이다.

온전한 정신으로 오롯한 것 아니면 배격할 일이다.

누군가를 미워하거나 비탄에 빠져 살기에 삶이 그리 길지 않다.

영구(永久)한 게 있던가.

이 몸의 시간에 충실할 뿐, 순간에 열중할 뿐.

*이은상의 '신록의 고허' 중 '내일도 봄일 줄 알고 잠깐 몰라 누웠더니' 구절을 참고함.

백일홍이 매화보다, 산수유보다 늦게 피었다고 성내지 않거늘.

맘 상하지 않거늘.

순환하는 계절 속에 실로 더 먼저인 것도 없거늘.

백일홍은 백일홍대로, 산수유는 산수유대로 나름의 향기를 지녔음을

안다면서도.

지인의 경사 소식에 잠 못 들고 뒤척이는 심사.

그 심사마저 못마땅해 결국 부은 얼굴로 아침을 맞는 덜 떨어진 인사.

열등감을 지닌 이는 잘나가는 이를 볼 때 절망감과 두려움을 경험한다.

경쟁이 만연한 사회라 그렇지 실제 순환선에서 '더 앞선'이란 없다는 사실, 잊지 말아야 한다.

그리고 자신이 가는 길에서 만나는 꽃에만 신경 쓰면 된다.

그 누가 보았다는 뒷동산의 꽃도, 예전에 무척이나 아름다웠던 꽃도 결국 자신과는 별개의 꽃일 뿐이다.

내 발 끝에 피어 있는 애기똥풀보다 못한 것들.

그것들 때문에 정신이 산란할 게 무엔가?

그것들 때문에 행복하지 못한 게 말이 되는가?

내 발길 닿는 곳에서 마주치는 게 가장 소중한 것이고, 내 세상 전부인 게다.

내 손끝, 발길 미치지 못하는 것을 구하지 말지니.

붉은 새벽노을의 생동과 경이가 일순 노오란 빛으로 편만해지자 평범한 일상, 낭비해도 되는 여느 날이 됐다.

깨달음보다 더 어려운 게 깨달음을 쥐고 지내는 것.

어렵게 불씨를 얻은 신화 못지않게 느슨한 일상에서 불씨를 꺼뜨리지 않기란 쉽지 않은 일.

감동과 경이가 평범함으로, 식상함으로, 권태로 떨어지는 건 얼마나 쉬운가.

첫 마음을 잃고 관성으로 가는 건 또 얼마나 수월한가.

쇠털같이 하고 많은 날들이라 여겨지는 일상, 숱하게 남았다 여겨 어떤 것도 시작하지 않고, 소소한 것들이니 어느 세월에 쌓겠나 싶어 무시하고, 큰 일은 엄두가 안 나 시작도 못하고 결국 이도 저도 않다 보면 속절없이 한 생이 저무는 게다.

다른 이 허물 뱉지 않는 내가 고수인 줄로만 알았지.

어리석게도.

밉다고 서운하다고 어떻게 자신에게 그럴 수 있냐고 읊조리다가도 돌아가선 아무렇지 않게 어울리는 그들이 정녕 하수인 줄로만 알았지.

역시나 하수는 고수를 헤아릴 길 없는 거여서 그렇게 읊조리며 나아가다 보면 어느 순간 그 읊조림 잦아들다 사람들 제대로 안을 수도 있다는 걸 그땐 몰랐지.

뱉지 못한 뱀과 개구리들이 속에서 마구 날뛰는데도 다른 이 허물 뱉지 않는 내가 정녕 고수인 줄로만 알았지.

고수가 되고픈 욕망에서 자맥질하고 있었더랬지.

어리석게도.

상대가 진심으로 들어주건 아니건 상관없이 하늘이 노래지며 급기야 토사물을 보일 수밖에 없는 지경에 이르는 때가 있다.

부풀 대로 부푼 풍선이 끝내 터질 수밖에 없는 지점.

그렇다 해도 다른 이의 푸념과 넋두리에 지칠 때는 적당히 비켜설 줄 알아야 한다.

그 포화를 정면으로 맞으며 상대를 우습게 여기거나 미워하게 되는 실수를 하지 않도록 조심해야 한다.

제 그릇과 상태도 모르고 일관됨과 완벽함만을 꿈꾸다 진저리치며 사람들을 떨쳐내는 오류를 범하지 않아야 한다.

자신의 평온함을 모두, 매번 내주는 과오를 경계해야 한다.

또한 푸념이나 넋두리가 균형을 찾아갈 때의 디딤돌일 수 있다는 것도 잊지 말아야 한다.

'혹여'와 '설마'를 들고 갔던 길.

되짚어 나올 땐 '쓸쓸함'과 '씁쓸함'이 동행했지요.

아닌 건 아닐 뿐인데 명확한 것을 두고도 모른 체할 때가 있다.

두려움에 차 부정하고 회피하면서 그림자를 보지 않으려 하거나, 게

으르게 기대만 하고 있다 당혹한 순간을 마주하기도 한다.

처음부터 확연했건만 보고 싶지 않았던 것뿐, 바로잡고자 하는 의지

가 미미했던 게다.

그게 한 세월이 될 때도 있다.

방임했던 시간이 하루건, 십 년이건 결국 그 책임과 결과는 전적으로 자신의 몫.

빛과 어둠이 함께하는 세상.

그 사실을 이해하고 받아들인다 해서 고통이 멎지는 않는다.

허나 빛이 있으면 어둠도, 고통도 있을 수밖에 없음을 알게 되면 전체 맥락을 놓치지 않게 된다.

그 고통도 다소 참을 만해진다.

그러니, 해법을 구하는 발걸음도 조금은 가벼워진다.

노상 까먹는 얘기

내내 저기만 생각합니다.

막상 옮겨 앉으면 저기도 여기가 되는 줄 노상 까먹습니다.

언제나 여기 아닌 저기, 초라한 현재가 아닌 화려한 미래, 못난 나가

아닌 잘난 나를 꿈꾸는 삶에 '만족'이 있을 리 없다.

당연히 '평안'도 있을 수 없다.

영원한 갈등과 분열이 있을 뿐이다.

단지 현실을 탈피하기 위한 꿈은 달콤하다.

구체적이지도, 현실적이지도 않은 갖가지 분홍빛 미래 속에서 길을

잃는다.

그때의 꿈은 현실을 더욱더 초라하게, 빛바래게 한다.

지금 이곳에서 필요한 긍정적 수용이나 노력, 인내 등은 미처 끼어들 새도 없다.

그렇게 한 세월이 갈 수도 있다.

고저 좌우 흑백 음양 비틀대며 사는 거지.

이쪽에 있다고 부끄러워할 것도, 저쪽에 있다고 기고만장할 것도 없지.

이리저리 지그재그 흔들대며 사는 거지.

흔들댄다고 쪽팔릴 것도 없지.

가만있음 죽은 거게?

나무는 뿌리내린 곳에서 일생을 보낸다.

고착 생활은 숱한 시련에 무방비로 노출되어 사는 것, 나무는 잎이나

열매뿐만 아니라 뿌리까지도 무수한 동물의 표적이 된다.

166

그러니 나무가 살아 있다는 것은 곧 이어지는 시련을 계속해서 극복하고 있음을 의미한다 했다.

변화무쌍한 외부 환경에 늘 노출될 수밖에 없는 인생, 나무보다 움직거릴 수야 있다지만 삶도 어차피 불안하고 위태할 수밖에 없다.

그러니 흔들릴 때도 있음을 인정하자.

자연스러움이다.

못났다거나 한심하다거나 비참하다고 해석할 일이 아니다.

그저 살아 있음이다.

마음이 요동치는 것도 실은 자신이 살아 있다는 표식이다.

그럴 때 못나 보이는 현실의 자신을 구석으로 몰아치는 것 또한 능사가 아님을 배워야 한다.

쓰러진 자신을 툭툭 털며 일으켜 세워 또 다시 길 가는 게 인생이다.

임계점을 만들어내는 깃털 하나.

이전의 무수한, 반복되는 행위.

무의미하다 여겨졌던 일상.

그 위에 올라앉은 깃털 하나.

깃털만 보겠는가?

깃털만 소중하다 하겠는가?

물은 내내 잠잠하다가 100도에서 갑자기 끓는 것처럼 보인다.

허나 자세히 살피면 물이 100도에서만 끓는 게 아님을 알 수 있다.

이전의 계속해서 뜨거워지는, 끓어오르는 과정이 없었다면 100도에서 물이 끓는 일도 없는 게다.

과정은 도외시한 채 결과만 중시하거나, 모든 일에서 간절하게 의미를 찾아 헤매는 이들에게 일상은 지루하고 무의미해 보인다.

일상에서 빚어지는 지리멸렬함과 지지부진함, 초라함만이 더욱 두드러지게 보이기도 한다.

끝나지 않는 돌림노래를 계속 부르고 있는 것 같은, 어제와 다를 바 없는 일상에서 지치지 않는다는 건 쉽지 않은 일.

한 땀 한 땀 놓는 자수에서 전체 그림을 알 수 없는 것과 매한가지로 하루하루가 전체 인생에서 차지하는 비중이나 역할 또한 알 수 없는 일이기에.

불안·근심에 휩싸여 있다는 건 시점이 낮아졌다는 얘기다.

시야가 좁아졌다는 얘기다.

믿음이 옅어졌다는 얘기다.

안개를 만났다는 얘기다.

내내 걸으면 결국 빠져나간다는 얘기다.

먹물이 한지에 번져가듯 한 번 시작되면 걷잡을 수 없이 커져가는 일
들도 있다.

걱정이나 불안이 적절치 않음에도 부정적인 느낌에 휩싸여 현실에

대한 명징한 시각을 되찾지 못하기도 한다.

와중에는 알 수 없는 일들도 있다.

길 가는 중에는 단지 그에 충실해야 한다.

새로운 상황, 새로운 길에 접어들었을 때라야 알 수 있는 일들도 있으니.

언제나 전체 맥락을, 모든 걸 알 수는 없는 일.

안개 걷히고 선명해질 때까지, 지나온 길 한눈에 잡힐 때까지 덤덤한 마음으로 기다릴 일이다.